山西的事務所

———芭芭不要我———

Sherlock
Holmes

SHERLOCK HOLMES

大偵探
福爾摩斯
——爸爸不要我——

父與女

「下午有地方去嗎？」同是索賠部的 **積克** 在步出辦公大樓時，向也正想離開的柯爾問道。

這天是星期六，下午不用上班，同事積克只是客套地問問而已。不過，柯爾卻彷彿 *心中* *有鬼* 似的，為了掩飾內心的虛怯，故作輕鬆地聳聳肩説：「有呀，準備與 **瑪吉** 吃過午飯後，帶她去遊樂場玩玩。」

「是嗎？去遊樂場好啊！瑪吉一定會很開心了。」積克以體諒的語氣笑道，「**單獨**照顧年紀這麼小的女兒，不容易啊。」

「是的。」柯爾勉強地一笑，揮揮手說，「祝週末愉快，再見！」

天色**陰陰沉沉**，空氣又**潮潮濕濕**，這種天氣並不是去遊樂場玩的好日子。不過，柯爾也沒想過去遊樂場，積克問到，他就只是隨口回應罷了。

走了十多步後，他回頭看了看，見到積克的身影已遠去，舒了一口氣的同時，臉上已籠罩了一抹**陰霾**。但他走着走着，陰霾逐漸散去，取而代之的是一種來自焦慮的興奮。那，就像一個人站在

懸崖邊要往下跳時，會感到極度不安，但與此同時，也會感到莫名地亢奮。

「嘿……」他自言自語地呢喃，「不要怪我……我已走投無路，只能這樣了。」他知道，自己永遠不會再回來這家工作多年的保險公司了。

半個小時後，柯爾已從家中把6歲大的女兒瑪吉帶了出來。他一手提着行李箱，一手拉着不情不願地踏着碎步的瑪吉，匆匆忙忙地登上了一輛停在路邊的馬車。

5

「怎麼無精打采似的？現在帶你去巴黎玩，你應該開心才對呀。」去到**維多利亞火車站**後，柯爾向一路上沉默不語的女兒說。

瑪吉沒有回應，只是低着頭用手搓弄着裙襬。

「唉！真沒你辦法，去旅行也**哭喪着臉**。」柯爾搖搖頭，只好拉着瑪吉逕直往1號月台的閘口走去。

來到**閘口**附近後，他找了一個不顯眼的角落，從口袋中掏出一個玩具**手搖鼓**，向瑪吉說：「給你玩的。在這裏等着，我去那邊買一份報紙。」說完，他就往不遠處的報檔

走去。

　　瑪吉拿着小搖鼓細看，好像不明白吊在兩邊的 **繩珠** 有何用途，好奇地看了又看，摸了又摸。不一刻，柯爾已拿着一份報紙走回來了。

　　瑪吉抬頭看了看他，但他並沒有理會，只是把行李放下，自顧自地打開報紙，靠在牆邊看起來。不過，他的視線卻越過了報紙，一直 **窺探** 着陸陸續續走進閘口的乘客。

「叮咚、叮咚」兩聲響起，瑪吉終於明白繩珠的作用了。她輕輕地搖響了手搖鼓。就在這時，柯爾好像發現甚麼似的，匆忙折起報紙夾在腋下，一手提起行李箱，並向瑪吉說：「時間到了，我們上車吧。」

英法渡輪

　　那是一列開往**多佛港**的歐陸渡輪快速火車，專門接載前往**巴黎**的旅客。正如列車名稱所示，乘客去到多佛港後，要下車轉乘渡輪橫渡**英法海峽**，當去到法國的**加來港**後，還要下船轉乘法國方面的火車前往巴黎。

當柯爾兩父女的火車到達多佛港時，已日落西山，**陰陰沉沉**的海面吹着大風，刮起了一排排的白頭浪。柯爾拉着瑪吉的小手，出示了他的護照和兒童專用的單頁護照，通過了**英國**海關。然後，他們再走過踏板，登上了渡輪。

他懷着緊張的心情，拉着瑪吉走進了**頭等艙**。突然，他聽到身後有一個充滿磁性的男聲說：「華生，這個案子頗為棘手，看來得在巴黎至少獃一個星期呢。」

「**案子！**」

柯爾聽到「**案子**」這個詞時，全身閃過一

下**戰慄**，登時僵住了。

　他不期然地咽下一口口水，悄悄地回頭望了一眼，看到身後有兩個男人。一個高高瘦瘦，穿着一件橙黃色的大衣，不但**相貌精悍**，眼

晴更 **炯炯有神**，

　一看就知道是個**久經歷練**的人。另一個則穿着一套白色西服，手裏撐着一根手杖，眼睛瞇瞇地笑着，表情祥和，看來不是警探。兩人似乎沒在意站在

前面的他，只是自顧自地談笑。

柯爾知道自己多慮了，「案子」可以有很多種解釋，不一定是說自己，某種商業或工作項目也可稱作「案子」呀。他想到這裏，不禁舒了一口氣。然而，就在這時，他好像發現了甚麼似的，慌忙拉着瑪吉往艙內走去。瑪吉被這麼一拉，手一鬆，手搖鼓就「咚」的一聲掉到地上去了。

「哎呀，你怎麼——」柯爾回過頭來開口就罵，可是，那個穿橙黃色大衣的男人已一步踏前蹲了下來。他撿起手搖鼓「叮叮咚咚」地搖了幾下，遞到瑪吉面前說：「好漂亮的小

鼓鼓呢。」

「嗯。」瑪吉接過手搖鼓，輕輕地應了一聲。

「瑪吉，還不謝謝這位叔叔。」柯爾連忙改變態度，以教導的口吻說，「要握牢一點，掉到海裏就沒有了啊。」

「謝謝⋯⋯叔叔⋯⋯」瑪吉囁嚅，露出像害怕又像害羞的神情。

「你乖，要聽爸爸話啊。」男子滿面笑容地站起來，溫柔地摸了摸瑪吉的頭。

「謝謝你。」柯爾連忙點頭致謝，然後就拉着瑪吉往<u>前排的座位</u>走去了。

兩人走到一個已坐了下來的<u>中年胖子</u>旁邊時，柯爾故作驚訝地說：「哎喲，真巧呢！**盧卡斯先生**，你也坐這班船嗎？」

「啊！柯爾先生，你和瑪吉一起？去巴黎<u>旅行</u>嗎？」盧卡斯看到柯爾父女兩人同行，就客氣地問。

「是啊！來，瑪吉，快叫叔叔。」柯爾把瑪

吉拉到盧卡斯跟前説。

「叔叔……你好。」盧卡斯住在柯爾家同一棟大廈的樓上，瑪吉看來也認得他。

「你好！」盧卡斯站起來欠一欠身，打趣地説，「呵呵呵，來，你們也來這邊坐吧。我正在納悶如何打發時間，看到你們真好，可以陪我乘風破浪直衝巴黎啦。」

「是的，今天風大，顛顛簸簸的不好受，但有伴的話時間很快就會過去。」柯爾拉着瑪吉越過盧卡斯，坐到他身旁的兩個座位上。

「準備到巴黎甚麼地方玩？」盧卡斯問。

柯爾一怔，彷彿從沒想過行程似的，**期期艾艾**地應道：「啊……這個嘛……我有朋友在巴黎，他大概已安排好了。」

「是嗎？呵呵呵，有朋友真好，就算**人生路不熟**也不怕呢。」盧卡斯笑道。

「呀，差點忘了去**法國海關的櫃枱**蓋章。你已蓋章了嗎？」柯爾問。

「蓋過了。」

「那麼，麻煩你幫我看着行李箱，我和瑪吉

蓋完章馬上回來。」說着，柯爾又站起來，拉着瑪吉往船後面的**法國海關**走去。

看到海關櫃枱後，柯爾往左右兩邊看了看，確認沒有人注意他

後，就叫瑪吉站在旁邊等一等，然後一個人施施然地走到櫃枱前辦手續。不一刻，他拿着海關發出的「護照登陸卡」步回瑪吉身邊，並帶着她回到盧卡斯旁邊的座位去。

柯爾與盧卡斯東拉西扯的談了一會，一個檢票員走了過來，撕去他們套票本上的船票，然後遞上兩大一小的「旅行登陸卡」。因為，從英國乘渡輪去法國，除了護照外，還要出示在法國海關櫃枱取得的「護照登陸卡」和從檢票員那兒換來的「旅行登陸卡」，才可以登岸。

> 旅行登陸卡
> ＋ ➡ 法國（登岸）
> 護照登陸卡

剛剪完船票，柯爾就向盧卡斯説：「啊，對了。我剛才上船時好像看到一個好久沒見的朋友，麻煩你給我照顧一下瑪吉，看看能否找到

那個朋友打個招呼。」

「好的，你去吧。這裏有我看着，別擔心。」盧卡斯說。

柯爾站起來，往船艙後方走去。他不經意地轉過頭來，看了看盧卡斯那邊。那位老實的鄰居正和瑪吉不知道談着甚麼，柯爾鬆了一

口氣，連忙往後面的洗手間走去。當他走到洗手間的門口，正想拉門進去時，突然，門被裏面的人推開了，那個穿着橙黃色大衣的男人走了出來。

「你好。」那人打了個招呼，

「咦？瑪吉呢？」

「你好。」柯爾有點慌張，但馬上鎮靜下來答道，「剛才遇到熟人，她和那位熟人一起。」

「是嗎？祝你們旅途愉快。」那人微笑着點點頭，然後走開了。

柯爾沒想到，對方竟能説出瑪吉的名字。

「唔……剛才他撿起手搖鼓時，我有提及瑪吉的名字嗎？」柯爾心想，「大概有吧……但那只是一瞬間的事，他卻記住了。看來，此人的記憶

力和觀察力都非常強，並非泛泛之輩。」

　　想到這裏，他偷偷地回過頭來，找尋那人的身影。這時，那人正咬着煙斗，在他的伙伴身旁坐下來。從他的背面看去，也可看出他與伙伴談笑甚歡，並沒有甚麼異樣。

　　「我太緊張了，想得也太多了。」柯爾在心中呢喃，「就算他並非泛泛之輩又如何？反正我從此就會消失，另一個世界在等着我，

我想那麼多幹嗎？」想到這裏，他深深地吸了口氣，一手抓着洗手間的門把使勁地一拉，然後一個閃身，閃了進去。

登陸卡

　　過了20分鐘左右，柯爾回到座位上來，他向盧卡斯表示歉意：「對不起，在頭等艙沒找到那個朋友，結果在 **二等艙** 找到了，和他談了一會，耽誤了時間。」

　　「沒關係。」盧卡斯笑道，「我正跟瑪吉講故事，她很專心聽，很乖呢。」

「啊，是嗎？謝謝你。」柯爾挪一挪身子，低頭望向瑪吉，「盧卡斯先生講了個**甚麼故事**？可以講給我聽聽嗎？」

瑪吉沒有回答，只是垂下頭，把玩着手上的**小搖鼓**。

「說呀，怎麼不說？」女兒在熟人面前不理自己，柯爾感到有點尷尬，語氣不禁粗暴起來。

「**人魚公主**⋯⋯」瑪吉有點怯生生地應道。

「人魚公主嗎？是個怎樣的故事？」柯爾追問，他想為自己挽回一點面子。

「⋯⋯」瑪吉又沉默不語。

「**呵呵呵**。」盧卡斯連忙插嘴笑道，「故事還沒講完呢。對了，講到甚麼地方？啊！我想

起來了，講到英俊的王子在船上舉行生日派對，沒料到突然刮起一陣狂風驟雨，把那艘船吹翻了。不會游泳的王子掉到海中，很快就被巨浪吞噬了。幸好，美麗又善良的人魚公主游水經過，她奮不顧身地救起了溺水昏迷的王子。」

　　瑪吉抬起頭來，以期待的眼神看着盧卡斯，等待着他説下去。

「**溺水昏迷嗎⋯⋯？**」柯爾若有所思地說，「那位王子真幸運，在茫茫大海中⋯⋯能遇上熟悉水性的人魚公主⋯⋯」

「呵呵呵。」盧卡斯笑道，「童話故事嘛，不是公主救王子，就是王子救公主，總得**大團圓結局**啊。」

「是的。」柯爾臉帶苦澀地笑道，「現實太多**苦難**，要是童話故事不能大團圓結局的話，人真的不知道該怎樣**活下去**啊。」

盧卡斯沒想到柯爾會這樣說，一臉茫然地不知如何應對。

「啊！對不起。」柯爾察覺讓人掃興了，慌忙說，「後來王子怎麼了？瑪吉大概很想知道後續的故事吧？盧卡斯先生，請你繼續說下去。」

「啊，好的。」盧卡斯點點頭，又興致十足地說下去了。

說着說着，當盧卡斯把故事說完後，他自己也累了，靠在椅上不消一會，就呼嚕呼嚕的睡着了。

柯爾閉目養神片刻後，悄悄地睜開眼睛掏出懷錶看了看。他知道很快就要抵達法國的加來港後，就低聲向瑪吉說：「爸爸去一去洗手間，你和叔叔一起，不要走開。」說完，他拿起瑪吉掛在身上的小挎包，迅速地把一

些東西塞了進去，臉頰上的肌肉痛苦地抽搐了一下，再摸了摸瑪吉的頭之後，就**躡手躡腳**地走開了。

瑪吉沒理會父親說甚麼和幹甚麼，仍然自顧自地把玩着小搖鼓的繩珠。但過了一會，她突然想起甚麼似的，擔心地抬起頭來**四處張望**，努力找尋**父親的身影**。可是，她的父親已**去**

如黃鶴，不見了蹤影，只聽到身旁的盧卡斯那**呼嚕呼嚕**的鼾聲。

「乘客們注意，到達加來港了，請收拾好行李準備下船。」一個沙啞的**廣播聲**響起，把盧卡斯吵醒了。他睜開眼睛看了看，這時才察覺柯爾不見了，但行李箱還在，於是向瑪吉問道：「咦？你的爸爸呢？」

「他……他説去**洗手間**。」瑪吉捏弄着繩珠，怯生生地説。

「是嗎？」盧卡斯看了看往出口**魚貫而去**的乘客，「那麼，我們等一等吧。」

可是，等了一會，乘客們已走得**七七八八**

了，柯爾卻仍未見蹤影，盧卡斯有點**坐立不安**了。

「咦？瑪吉，還未和爸爸一起下船嗎？」突然，一個聲音在兩人身後響起。盧卡斯回頭一看，只見一個穿着**橙黃色大衣的男人**和一個拿着手杖的紳士站在後面，笑容滿面地看着他們。

「啊？」盧卡斯感到愕然，「你們認識瑪吉和柯爾先生？」

那男人仍未回答，盧卡斯突然想起甚麼似的，説：「呀！我知道了。柯爾先生剛才説見到**朋友**，一定就是你們了。」

「柯爾先生？」那男人想了想，問，「你指**瑪吉的爸爸**嗎？我們並不認識他，只是上船時看到瑪吉拿着手搖鼓玩，閒聊了幾句而已。」

「啊……」盧卡斯失望又焦急地說，「剛才我睡着了，一覺醒來，發現柯爾先生不見了。

瑪吉說他去了洗手間，但已等了10多分鐘，他仍未回來啊。」

「這倒有點奇怪了。」那個拿着手杖的紳士

說，「我剛從洗手間出來，裏面沒有人啊。」

「甚麼？不在洗手間？」盧卡斯**心急如焚**，「那麼，柯爾先生去了哪裏呢？」

「恕我冒昧，我是**福爾摩斯**，這位是**華生醫生**。」自稱福爾摩斯的男人問，「請問閣下高姓大名？」

「我叫盧卡斯，是柯爾先生的**鄰居**，住在他的樓上。」盧卡斯看了看瑪吉，「我剛坐下

來，他和瑪吉走過來跟我打招呼，我們就坐在一起了。」

「明白了。」福爾摩斯點點頭，「那麼，請快通知 **艙務員** ，用廣播呼叫一下柯爾先生吧。」

「**啊！** 是的。我真笨，竟然還在這裏乾等。那麼，請你們照顧一下瑪吉，我去找艙務員。」盧卡斯說完，就急急往船頭走去了。

不一刻，船上的 **揚聲器** 響起了呼叫柯爾的廣播。然而，眾人等了一會，柯爾仍然 **蹤跡渺然** 。這時，乘客已 **陸陸續續** 下了船，除

了船長和幾個艙務員之外，就只餘下福爾摩斯他們**4人**了。

「船長，除了這4位乘客外，其他全部已下船登岸了。此外，包括洗手間在內，我們已在船上搜了一遍，並沒有發現任何人。」一個艙務員向體型魁梧的**大鬍子船長**報告。

「那麼，收回的**旅行登陸卡**呢？點了嗎？」船長問。

「點了，共收回**169張**。」艙務員說着，看了看福爾摩斯他們，「對了，這**4位乘客**的還未收回來。」

「啊，抱歉，這是我和華生的。」福爾摩斯掏出**兩張卡**遞上。

「咦？我的呢？呀！原來在內袋裏。」盧卡斯**手忙腳亂**地找出自己的卡遞上。

「**這位小朋友的……**」艙務員看着瑪吉，困惑地抓抓頭皮，不知如何是好。

「這是柯爾先生的行李箱，讓我找找看。」盧卡斯說完，就把**行李箱**搬到座位上打開來仔細地翻看了一下，除了一些衣物外，甚麼也沒有。

「**找不到。**」盧卡斯抬起頭來說，「一定是柯爾先生拿着吧？」

聽到他這麼說，瑪吉下意識地摸了摸自己的**小挎包**。福爾摩斯**看在眼裏**，掛着笑臉蹲下來問：「瑪吉，你的小挎包很漂亮呢，可以給叔叔看看嗎？」

瑪吉猶豫了一下，不太情願似的把挎包遞上。

「我可以打開它嗎？」福爾摩斯温柔地問。

瑪吉**眼汪汪**地看着福爾摩斯，好不容易才點了點頭。

福爾摩斯輕輕地解開挎包上的鈕釦，翻開了裏面。眾人生怕**有甚麼東西**會跑出來似的，

全都屏息靜氣地看着。

「這些……」福爾摩斯掏出折成一小疊的紙張後，眾人不禁倒抽了一口涼氣。

「給我看看！」船長緊張地奪過那疊紙，一邊打開來檢查一邊説，「1張是單頁的兒童護照，1張是我們收回船票時發出的旅行登陸卡！竟把這麼重要的東西放在小女孩身上？」

「啊……」眾人聽到船長這麼説，已明白當中的含意了。

人間蒸發

　　華生為免瑪吉聽到他的說話，就湊到福爾摩斯耳邊說：「看來，那位柯爾先生拋棄了自己的女兒呢。」

　　福爾摩斯皺起眉頭，輕聲應道：「很有可能。」

「怎會這樣的？」盧卡斯緊張得**六神無主**，「那該怎辦？哎喲，我……我該怎辦啊？」

「獃在這裏也沒有辦法，先下船吧。」船長說。

「是的，先下船吧。」福爾摩斯領首道。

正當眾人往下船的出口走去時，突然，一個焦急的叫聲響起：「**船長！不好了！不好了！**」

眾人回頭一看，只見一個水手*慌慌張張*地跑了過來，說：

「我在甲板的欄杆上，看到這條**領帶**！」

「甚麼？」船長奪過領帶看了看，緊張地

問，「在欄杆上？」

「對，繫在欄杆上，生怕它會被吹下海似

的，還牢牢地

打了個結。

我剛才聽說一

位乘客失蹤

了，看到它

後，就──」

說到這裏，水手發現瑪吉站在船長身後時，就

打住不再說下去。

福爾摩斯臉色一沉，他把船長和盧卡斯拉到

一旁，壓低嗓子說：「柯爾先生也是打着**粉紅**

色領帶的，看來情況有點不妙。」

「是的，他確實打着一條粉紅色的領

帶……」盧卡斯**憂心忡忡**地說，「他……他

為甚麼把領帶繫在甲板的欄杆上呢？」

船長看了看手上的領帶，面
露嚴峻的表情
說：「看來，有
人想留下一個
記認。」

「記認？」

盧卡斯赫然一驚，「你的意思是？」

船長的大鬍子顫動了一下，好不容易才擠出
這麼一句：「**輕生的記認!**」

「啊……」盧卡斯瞪大
了眼睛，完全呆住了。

就在這時，一個艙務
員匆匆地走了過來，以
緊迫的語氣在船長耳邊

說：「再三點算過了，我們共發出了**175張旅行登陸卡**，這代表有175人上了船，但連瑪吉那張在內，我們只收回**174張**，就是說，少了1個人上岸！此外，法國海關共發出了**173張護照登陸卡**，收回的只有**170張**，更少了**3張**！」

「我、華生和盧卡斯先生仍未下船，少了3張是正常的。」福爾摩斯説，

「問題是，有**175人登船**，船上的法國海關只發出了**173張護照登陸卡**，顯然，有兩個人沒有到海關辦入境手續！」

41

「這兩個人，不用說，就是**柯爾先生**和**瑪吉**！」船長一口咬定。

「可是，柯爾先生明明有帶瑪吉去海關辦入境手續的啊！」盧卡斯想了想，猛地一驚，「啊！他一定是只帶瑪吉離開座位，其實並沒有真的去辦入境手續！」

「一、故意不去辦入境手續。二、把兒童護照和旅行登陸卡放在女兒的小挎包裏。三、把自己的領帶繫在甲板的欄杆上。」福爾摩斯一頓，眼底閃過一下寒光說，「這**三個信息**顯示，失蹤的人正是柯爾先生，這次旅程

42

是悉心策劃的，他早已有**尋死的決心**！」

「呀……！」盧卡斯想起了甚麼似的，「難怪我在説**人魚公主**的故事時，他講了些奇怪的説話。」

「他講了甚麼？」福爾摩斯問。

「我説人魚公主在海中救起了遇溺的王子時，他説童話世界需要**大團圓結局**，但現實太多**苦難**了，好像暗示現實中不可能有這樣的結局。」

說到這裏，他偷偷地往後瞥了瑪吉一眼，繼續道：「本來不該說的，但事到如今，必須說了。其實，瑪吉的媽媽半年前**離家出走**，拋棄了他們兩父女。這幾個月來，我每次在樓梯碰到柯爾先生，都覺得他**心事重重**，整個人也**無精打采**似的，看來受到頗大打擊。」

「原來如此。」福爾摩斯點點頭，「要獨力照顧年紀這麼小的女兒嗎？看來他要承受的壓力也太大了。」

忽然，「**叮咚**」一聲響起，瑪吉搖了一下手搖鼓。

「**爸爸不要我**。」她兩眼下垂，輕輕地吐出了一句。

「甚麼？」站在她旁邊的華生，驚訝地問。

「**叮咚……叮咚……叮咚……**」又

響起了幾下鼓聲。

「爸爸不要我⋯⋯」

那呢喃似的聲音，微弱得幾乎聽不見，但不知怎的，卻猶如一記記重鎚，敲進了眾人的耳鼓中！

發現領帶的那個水手心酸地別過頭去，眼裏已盈滿了淚水。

船長也禁不住搖了搖頭，深深地歎了口氣。

「這……」盧卡斯無助地看了看福爾摩斯和華生，不知道如何是好。

「這樣吧。」福爾摩斯提議，「你是惟一認識瑪吉的人，麻煩你與船長一起到法國海關報案吧。」

「可是……報案後又怎辦？」盧卡斯困惑地問。

「不用擔心，我在 蘇格蘭場 有朋友，登

岸後會發一個電報，叫他們派人

來接瑪吉回倫敦。」

「好的……」

盧卡斯無奈

地點點頭，

當正想轉身

離 開 時 ，

忽然想起甚麼似的說，「對了，在檢票員檢票

後，柯爾先生說上船時看到一個 朋友 ，就離座

去找，回來時還說在 二等艙 找到了。你們該

找找那個人，找到的話也可以向他了解一下情

況。」說完，盧卡斯就拖着瑪吉的小手，隨船

長報案去了。

　　福爾摩斯看着他們的背影想了想，自言自

語地說：「柯爾曾遇到朋友？那位朋友聽到剛才的**廣播**，應該走來了解情況才對呀。難道⋯⋯柯爾只是**藉詞走開**，根本不是為了找朋友？那麼，他走開是為了甚麼呢？」

「哎呀，你太多疑了。」華生沒好氣地說，「廣播時乘客已走得**七七八八**，他的朋友大概已下了船，所以才沒有出現呀。」

「是嗎？我**多疑**了嗎？」福爾摩斯看似仍未**釋然**。

「別想那麼多了，快下船吧，不然就趕不上

48

去巴黎的火車了。」華生催促道。

「是的，趕火車要緊。走吧！」

這時，我們的大偵探萬萬沒想到，他這個未能釋然的疑惑，竟隱藏着一個重大的秘密，它將會把整個案子扯進一個黑暗的漩渦中，揭開人性最醜陋的一面！

柯爾的背景

　　一個星期後，福爾摩斯和華生在巴黎辦完案回到家中才過了一天，樓梯就響起了一陣沉重又緩慢的腳步聲。

　　「好像有貴客到訪呢。」咬着煙斗正在閱報的福爾摩斯說。

「貴客？誰？」華生問。

「還有誰？當然是**李天程**和**狐格森**啦。」

「是嗎？他們爬樓梯的聲音一向都是**急急巴巴**的，不像他們倆啊。」

「嘿，你不僅不懂觀察，竟連有多少人上樓梯也聽不出來。」

「啊？難道除了他們倆外，還有其他人？」華生連忙豎起耳朵細聽，「唔……？好像還有一個**輕悄悄的腳步聲**呢。」

「對，那是一個小孩上樓梯的聲音。」

「**小孩？**為何孖寶幹探會與小孩一起來找我們？」

「誰知道啊。」

「**呀！**」華生想起了甚麼似的，緊張地説，「**一定是她！**」

「別**大驚小怪**，你知道是誰嗎？」福爾摩斯咬着煙斗，漠不關心地吐了口煙。

「還有誰？」華生**煞有介事**地說，「當然是她啦！」

「她？難道……」福爾摩斯猛地從沙發上跳起來，「糟糕，一定是**愛麗絲**！豈有此理，居然放輕腳步，混在孖寶傻探中摸上來追租嗎？」

說罷，我們的大偵探一個轉身**拔腿就逃**，但大門已「**砰**」的一聲被推開了。

大吃一驚的福爾摩斯回頭一看，已見李大猩和狐格森兩人站在門外，但赫然發現夾在兩人中間的並非愛麗絲，而是手中拿着小搖鼓的那個小女孩——**瑪吉**！

華生看到她後，也驚訝地說：「瑪吉？」

知道來者不是愛麗絲，福爾摩斯立即鬆了口氣，連忙把李大猩拉到一旁，輕聲地問：「你帶她來幹甚麼？」

「**冤有頭，債有主**，當然要帶她來找你啦。」李大猩理所當然地答道。

「甚麼意思？」福爾摩斯摸不着頭腦。

「哎呀，如果不是你發電報叫我們幫忙，移民局又怎知道這個**倔強的小丫頭**與蘇格蘭場有關？最後又怎會把她拋來給我們處理啊？」

「所以，**追本溯源**，就把她帶來讓你們照顧了。」狐格森笑嘻嘻地說，「因為，你們才是這案子的**源頭**嘛。況且華生是醫生，比我

們這些大男人更適合照顧小孩子啊。」

「可是，我們只是在船上碰巧遇上，並不認識他們父女倆啊。」福爾摩斯慌忙説，「而且，就算我們願意，也不可能把她收下來長住吧？」

「放心、放心！我們正在找她的**母親**，你們不必照顧她**一生一世**啊。」李大猩擺擺手説，「就算找不到她的母親，你們只須證明她的父親跳海自殺死了，**社會福利局**也會派人來接走她的啦。」

「甚麼？」福爾摩斯訝異，「這個還用證明嗎？登岸者少了一人，而她的父親又在船上**人間蒸發**，還在甲板的欄杆上留下領帶，不是

在在都證明他已**投海自盡**了嗎？」

「你說的我們都知道。」狐格森聳聳肩，「但到目前為止，仍沒找到屍體啊。」

「對，要是有人投海自盡，屍體通常在一兩天後就會**浮上水面**。」李大猩說，「英法海峽的水上交通繁忙，來往的船隻很多，但過了一個星期仍沒有人發現**浮屍**啊。」

「沒找到屍體，就不能結案。」狐格森說，「你知道，我們蘇格蘭場查案都是嚴謹認真的，不可以**馬馬虎虎**的草草結案啊。」

「是嗎？」福爾摩斯**不可置信**地斜眼看了看狐格森，然後又看了看自顧自地把弄着小搖鼓

的瑪吉，只好輕聲問道，「那麼，你們查過她父親柯爾先生的背景嗎？他有沒有**自殺的動機**？」

「有！」李大猩自信滿滿地說，並道出了他們的調查所得。

①柯爾喜歡**賭馬**，但常常輸錢，欠下一大筆**賭債**。

②半年前，其妻也因為他嗜賭一怒而去。據其鄰居和同事說，他這幾個月來的**情緒**很**低落**。

③其上司知道他投海自盡後，發現他在兩個月前偽造假文件，取走了保險公司賠給客戶的**賠償金2萬英鎊**。

④我們去其家中搜查時，找到他留下了**下注記錄**，證實他已在**十多場賽事**中把2萬英鎊全輸光了。

⑤這個星期，保險公司會寄出**年結單**給客戶，他擅取賠償金的事情就會馬上曝光。

「所以，我們估計他知道即將**東窗事發**，在**走投無路**下，就只好選擇投海自盡了。」李大猩總結道。

「既然自殺的動機這麼明確，就沒有必要再調查了吧？」華生在旁聽着，按捺不住地插嘴道，「要知道，**英法海峽**相當遼闊，就算水上交通繁忙，也不一定有人看到浮屍啊！」

「而且……」華生生怕被瑪吉聽到似的，把嗓子壓得低低的說，「要是……被大魚吃掉了的話，就不僅**屍骨不全**，甚至連屍首也永遠無法找到啊。」

「被大魚吃掉也是活該，誰叫他**嗜賭如命**呢。而且，最離譜的是，他專買很難中的冷門馬，又怎會不把錢輸光！」李大猩說。

「你怎知道他**專買冷門馬**？」福爾摩斯問。

「我剛才不是說他在家中留下了 下注記錄 嗎？」李大猩從口袋中掏出一張紙說，「你自己看吧，一看就能知道呀。」

「啊？他把下注記錄寫在這張紙上？」福爾摩斯湊過頭去看，「唔？只有**日期**、**場次**、

馬匹的名字和**注碼**，你一看就知道他買的全是冷門馬嗎？」

「厲害吧？我可是**賽馬專家**，每匹馬的冷熱都記在我的腦子裏。」

「嘿！專甚麼家？只是**爛賭鬼**一個罷了。」狐格森譏諷道。

「你懂甚麼？賽馬是要花工夫研究的，就算買冷門馬**以小博大**，也不可以像瑪吉的爸爸那樣亂買啊！」李大猩大聲説。

「喂，輕聲一點。」華生往瑪吉瞥了一眼，慌忙提醒。

「爸爸……不要我……」瑪吉忽然呢喃。

「啊！」福爾摩斯詫然一驚。

「啊……」華生也記起了，瑪吉曾在船上説

過同一句説話。

叮叮咚咚⋯⋯叮叮咚咚⋯⋯

瑪吉搖了搖手搖鼓，再次呢喃：「爸爸⋯⋯不要我⋯⋯」

狐格森慌忙湊到福爾摩斯耳邊，壓低嗓子説：「我們每次問她關於她爸爸的事，她不是緊緊地抿着嘴唇不説話，就是重重複複地説着這句説話——爸爸不要我。」

「你們已把實情相告了？」福爾摩斯問。

「『實情』？你指她爸爸投海自盡的事？

還能隱瞞多久啊，當然是 **如實告之** 啦。」狐格森說，「可是，她一聽到我們這樣說，就會搖頭痛哭，大喊『爸爸不要我』。」

「對，聽着也叫人心酸啊。」李大猩歎息，「看來，她是無法接受父親已死的事實吧。」

聞言，福爾摩斯和華生也不知如何是好，他們知道，就算向瑪吉說些安慰的說話，也是 於事無補 的。

就在這時，大門又「**砰**」的一聲被推開了。闖進來的不是別人，就是我們熟悉的大偵探剋星——愛麗絲！

「嘿！好多人呢！」愛麗絲冷冷

地一笑，然後小手一揮，毫不留情地指着福爾摩斯說，「倫敦**首屈一指**的大偵探先生，據嬸嬸說，你已拖欠兩個月租金！還想拖到甚麼時候呀？」

「喂！**眾目睽睽**之下，輕聲一點可以嗎？」福爾摩斯看見避無可避，只好低聲下氣地說。

「輕聲？」愛麗絲**得理不饒人**，「再不交租的話，我還會在整條貝格街**敲鑼打鼓**大喊大叫呢！」

「愛麗絲！」華生壓低嗓子，連忙把亂叫亂嚷的大偵探剋星拉到一旁，簡單地把瑪吉的案子說了一遍，勸她先行退下。

愛麗絲看到**瑟縮**在牆角的瑪吉後，**惡形**

惡狀的她忽然換了一副**和藹可親**的樣子，還帶着微笑走了過去，溫柔地說：「小妹妹，你是瑪吉嗎？一定被這班**老粗**嚇壞了。來，別理他們，姐姐帶你下樓去吃甜點。」

　　說完，她向華生遞了個眼色，就拉着瑪吉下樓去了。

　　福爾摩斯鬆了一口氣，為了掩飾自己的尷尬，就**拉拉扯扯**地談了些**無關痛癢**的事情，然後準備送李大猩和狐格森離開。可是，大門又突然「**砰**」的一聲被推開了，愛麗絲又闖了進來。

「**哇!**」福爾摩斯大吃一驚，以為她又來追收房租了。

「不是說好處理完瑪吉的事後，再談交租的事嗎？」華生趕緊說。

「不……」愛麗絲緊張得**期期艾艾**，「瑪吉……瑪吉她……」

「瑪吉她怎麼了？」華生問。

「瑪吉她說……」愛麗絲用力地咽了一口口水，「**她說……她的爸爸沒有死!**」

自盡與逃亡

「**甚麼?**」福爾摩斯四人同聲驚呼。

「她為甚麼這樣說?」狐格森緊張地問。

「我……我也不知道啊。我拿了甜點給她吃,她吃了幾口,就說:『爸爸不要我,他自己下船走了。』」

「哎呀，還以為你說甚麼，差點被你嚇死了。」李大猩沒好氣地說，「瑪吉無法接受父親已死這個事實，才認為他只是拋棄自己下船走了吧？要知道，這個事實太嚇人、太殘酷了，就算是成年人也不一定能接受啊！」

「是的。」華生點點頭說，「一個人受到巨大的心理創傷時，在短時間內往往難以接受已發生的事實。」

「是嗎……？」愛麗絲有點猶豫地説，「可是，**女孩子的感覺**都很靈敏，瑪吉應該感覺到父親仍然在生，並沒有死去吧。」

「女孩子的感覺？」李大猩**嗤之以鼻**，「我們辦案靠的是**邏輯推理**和**證據**，不是靠感覺啊！」

「對，感覺是用來**談戀愛**的，不是用來查案的！」狐格森也不屑一顧，「查案靠感覺的話，就不用我們**蘇格蘭場**啦。」

「你有甚麼看法？」華生看到老搭檔沒有説話，就向他問道。

「這個嘛……」福爾摩斯想了想，「辦案

確實不能光靠感覺。但我在想，我們一直只是從**偵探的角度**去看這起失蹤案，為何不也從**瑪吉的角度**去檢視一下呢？因為，事發前瑪吉一直與柯爾在一起，或許，她**看到**或**聽到**了一些甚麼，就認為父親並沒有去尋死吧。所以，除非我們找到柯爾的屍體，否則就不能一口否定瑪吉的感覺。」

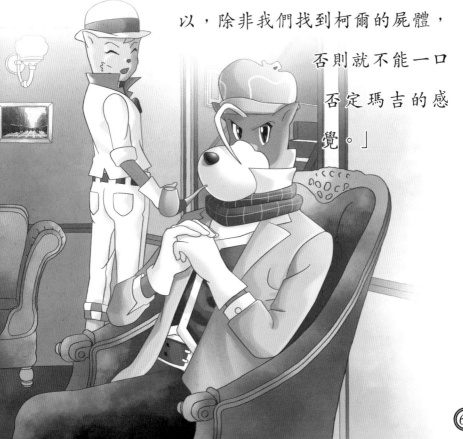

「那怎麼辦？難道找不到柯爾的屍體，就永遠不能 **結案** 了？」李大猩有點着急了。

「不，我們可以用 **雙向思維** ，把所知的線索和情報重新再檢視一遍，看看有沒有 **看走眼** 的地方。」

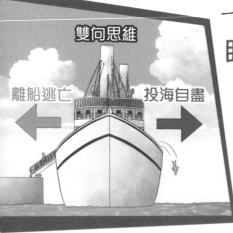

雙向思維

離船逃亡　　投海自盡

「雙向思維？甚麼意思？」狐格森問。

「我們之前不是斷定柯爾是 **投海自盡** 嗎？現在就把方向來個 **大反轉** ，假設他不是投海自盡，而是 **離船逃亡** ，然後把兩個情況作出一個對照，看看能否作出新的判斷吧！」

說着，福爾摩斯沉思片刻，就在一張紙畫了一個**對照表**，比較了兩種相反的情況：

線索及情報	投海自盡	離船逃亡
① 妻子半年前離家出走	情緒低落，自盡原因之一	放棄照顧瑪吉，逃亡原因之一
② 盜取客戶保險金並賭馬輸光	害怕被揭發，自盡原因之二	害怕被揭發，逃亡原因之二
③ 登上英法渡輪	為了投海自盡	為了離船逃亡
④ 帶瑪吉上船	以便瑪吉被人照顧	以便瑪吉被人照顧
⑤ 與偶遇的盧卡斯坐在一起	以便瑪吉被熟人照顧	以便瑪吉被熟人照顧
⑥ 沒在船上的法國海關辦入境手續	沒必要，因打算自盡	沒必要，因打算離船逃亡
⑦ 以船票換取旅行登陸卡	掩飾投海自盡以便瑪吉登岸	掩飾即將逃亡以便瑪吉登岸
⑧ 離座去找二等艙的朋友	原因不明	原因不明
⑨ 把瑪吉的護照和旅行登陸卡放在她的小挎包裹	留下證件，以便瑪吉登岸	留下證件，以便瑪吉登岸
⑩ 把領帶繫在甲板的欄杆上	證明自己已投海自盡	假裝已投海自盡，掩飾逃亡

「你們怎樣看？」福爾摩斯讓眾人看過**對照表**後，問道。

「我有一個問題。」愛麗絲舉手說。

「喂、喂、喂！『**20鎊**』，我們在分析案情，不是問你啊。」李大猩語帶斥責地說。

「『**20鎊**』？甚麼意思？」愛麗絲問。

「嘿嘿嘿，那是你的**綽號**呀。」狐格森笑嘻嘻地說，「你忘記了嗎？在調查『**吸血鬼**

之謎』一案時，有人輸了20鎊，到現在還**耿耿於懷**呢。」

「哎呀，不要揭人家的**瘡疤**了。」福爾摩斯恐防孖寶幹探又吵起來，連忙制止，並向愛麗絲說，「你有甚麼想問，就快問吧。」

「有福爾摩斯先生御准，我不客氣囉。」愛麗絲狠狠地往李大猩**瞪**了一眼，說，「我不明白，那位柯爾先生**為何要帶瑪吉上船**，把她遺棄在火車站或街上，不是更省事嗎？」

「有道理！」華生說，「這確實令人感到奇

怪。」

「呀！我知道！」狐格森突然想起甚麼似的說，「我們向盧卡斯查問時，記得他說過每個星期天都會乘 同一班渡輪 去巴黎出差。柯爾一定知道盧卡斯的這個習慣，所以，他們在船上不是『偶遇』，而是他 故意 乘搭同一班渡輪，刻意讓瑪吉坐在盧卡斯身旁，讓盧卡斯照顧她。」

「原來如此。」華生恍然大悟，「這麼說來，柯爾就有 充分理由 選擇那班渡輪了。一來跨境渡輪是一個 密閉空

間，上船和下船都受到嚴密檢查，瑪吉不會遇到拐帶兒童的**人販子**；二來安排她與盧卡斯坐在一起，盧卡斯想不照顧她也不行。」

「唔……」福爾摩斯想了想，領首道，「狐格森探員和你的分析都很**合乎邏輯**，不過，在整理這個對照表時，我注意到一點之前沒在意的地方。」

「那是甚麼？」李大猩問。

「你們看。」福爾摩斯指了指比較表中的⑦和⑨說，「這兩點表明柯爾很細心和盡責，就算自己要

投海自盡，也要為瑪吉換取登岸必須的**旅行登陸卡**，並放到她的小挎包中。」

「這不是很正常嗎？」李大猩說，「身為父親，考慮到女兒要登岸，當然要這麼做啦。」

「是的，作為一個父親，這是很正常的行為。」福爾摩斯一頓，眼底閃過一下疑惑，「既然如此，第⑥點又如何？他為何不去法國海關的櫃枱領取**護照登陸卡**，以便瑪吉登岸呢？這不是有點反常嗎？」

「啊……」李大猩啞然，不知如何反駁。

「嘿！我又知道！」狐格森搶道，「旅行登陸卡是由**檢票員**向乘客逐一檢票後送上的，當時柯爾和瑪吉與盧卡斯坐在一起，他想不要也不行，就**順其自然**領取了啦。」

「是嗎？」福爾摩斯質疑，「可是，盧卡斯

向我和華生說過，柯爾是特意帶瑪吉離開座位，說去法國海關的櫃枱**蓋章**和領取**護照登陸卡**的。他既然這樣說，就算照辦，也不會妨礙他遺棄瑪吉和自殺的計劃呀。他為何**虛晃一招**，只是假裝去辦入境手續呢？」

「唔……」

華生沉吟，「福爾摩斯的分析也有道理。入境法國**加來港**，除了護照外，必須同時持有**旅行登陸卡**和**護照登陸卡**，兩者缺一不可。柯爾既然為女兒拿了旅行登陸卡，沒有理由不去拿護照登陸卡的。除非……他有**難言之隱**……」

「難言之隱？會是甚麼呢？」愛麗絲問。

「哇哈哈，我知道！」狐格森又搶道。

「甚麼？你又知道？」李大猩被嚇了一跳。

看來，他屢次被搭檔搶先回答，已有點恐慌了。

「嘿嘿嘿，當然囉。」狐格森**成竹在胸**地說，「他的難言之**隱**，就是**忍**不住！他一定是**人有三急**，上廁所去了。這麼一來，就沒時間去辦入境手續啦。」

眾人聞言，腿一歪，幾乎同時摔倒。

「**傻瓜**！上完廁所也可以去辦入境手續

呀！」李大猩罵道，「難道你上了廁所，就沒時間去上班嗎？」

　　「你們別吵——」華生正想勸阻兩人時，突然，福爾摩斯大叫了一聲——「**廁所**」！

　　「廁所！我怎麼沒想到廁所呢？」福爾摩斯叫道，「當日我上廁所，完事後踏出門口時卻碰到了**柯爾**，當時他正想走進廁所。」

廁所！

「那又怎樣？」狐格森不明所以。

「盧卡斯說過，在檢票員檢票後，柯爾曾離座**找朋友**，並在（**二等艙**）找到了。我在廁所門口碰到他，他應該正想去找朋友，即是對照表中的**第⑧點**——惟一原因不明的行為。」福爾摩斯說，「因為，與有目的地故意碰到盧卡斯不同，柯爾如果想投海自盡，只會避開偶然看到的朋友呀，又怎會特意去找對方呢？」

「你的意思是？」華生問。

「我的意思是，這可帶出**兩個推論**——」

① 柯爾以找朋友為藉口離開座位，肯定另有目的。

② 而那個目的，正正顯示出他並無自殺之意。

說到這裏，福爾摩斯眼底閃過一下寒光，

總結道：「**所以，瑪吉的感覺極有可能
是正確的，柯爾仍然在生，我們一定
要把他找出來！**」

兩個  謬誤

「**茫茫人海**，你們怎樣找

啊？」愛麗絲擔憂地問。

　　　　「是的，茫

　　　　茫人海，要找

　　　　一個人就像

　　　　大海撈針，實在太難了。」

華生説。

　　　　　「不必心急，我們可以

按部就班地處理。現在，先解決眼前的兩個

問題吧。」福爾摩斯説，「説不定，把問題逐一

解決了，就能找出柯爾**身在何方**的線索。」

　　「你指的是柯爾離開座位去找朋友的目的

嗎？還有一個是甚麼問題？」狐格森問。

「傻瓜！是  **難言之隱** 呀！你說甚麼『人有三急』，自己把問題岔開了卻忘記得一乾二淨！」李大猩罵道，「另一個問題是——**柯爾為何不去為瑪吉拿護照登陸卡呀！**」

「喂！不要出言不遜，亂罵人——」

「唉，先不要爭吵好嗎？」福爾摩斯打斷狐格森，向李大猩問道，「**你剛才說甚麼？**」

「我説，**柯爾為何不去為瑪吉拿護照登陸卡。**」

聞言，福爾摩斯眼前一亮，興奮地叫道：「**一言驚醒夢中人**！我知道原因了！」

「真的？是甚麼原因？」華生緊張地問。

福爾摩斯環視了一下眾人，臉上浮現出嚴峻的表情，緩緩地伸出兩根手指，説出了以下**兩個原因**。

①是為了**擾亂視線**，引導我們作出錯誤的推理。當我們在瑪吉身上找不到護照登陸卡時，就**先入為主**地以為柯爾連自己的也沒有去拿。可是，李大猩剛才的說法令我猛然醒悟。其實，**柯爾只是沒有為瑪吉拿卡，他卻為自己拿了！**

②是為了**拖延時間**。由於瑪吉沒有護照登

陸卡，船長和盧卡斯必須帶她去法國海關報案和辦入境手續。這麼一來，**柯爾就有充分時間逃走了。**

「原來如此……」華生恍然大悟，「這也解釋了他為何把瑪吉帶上渡輪了。原來，瑪吉是他用作**逃走的道具**！」

「太可惡了……」愛麗絲悲傷地說，「竟然……把女兒當作**擾亂視線**和**拖延時間**的**道具**，他還配當人家的父親嗎？」

「『20鎊』說得有道理！」李大猩**氣憤難平**，「柯爾那傢伙簡直**連禽獸也不如**！」

「對！禽獸尚且**舐犢情深**，他真的是枉為人父！」狐格森也破口大罵。

「不過……」華生沉吟，「話說回來，我記得渡輪的艙務員說過，船上的法國海關共發出了**173張 護照登陸卡**，收回的也是**173張**。就是說，柯爾是混在這**173人**中在法國加來港登岸的。可是，艙務員也說過，檢票員發出了**175張 旅行登陸卡**，收回時卻少了1張，即**174張**。先不管為何少了1張，擺在眼前的事實是，一共有**174人**登岸，怎樣算，也跟173張的護照登陸卡並不相符啊。」

「嘿嘿嘿，華生，你不僅不懂觀察和聽腳步聲，連最簡單的

數人頭也不行呢。」福爾摩斯沒好氣地說，「還有**瑪吉**呀！你怎會連她也忘了？」

「呀！糟糕！」華生這才醒悟，「我忘了把她算進登岸的人數中！」

「對，瑪吉在船長和盧卡斯的陪同下，最終也必定取得了**護照登陸卡**登岸。就是說，那艘渡輪共有**174人**在加來港登岸，與艙務員收回的**174張旅行登陸卡**的數目相符。」

卡種	發出	收回	登岸人數
旅行登陸卡	175張	174張	174人
護照登陸卡	173張	173張	173＋瑪吉＝174人

「可是，發出了**175張**旅行登陸卡，但收回的只有**174張**，始終少了1個乘客登岸呀。」

「對，怎樣解釋**少了1個乘客**呢？」

「還有，那個乘客不是柯爾的話，又是甚麼人呢？」

「哎呀，我們又走進死胡同了。」

「我剛剛才糾正了一個邏輯的謬誤，沒想到你們馬上又再犯呢。」

「甚麼意思？」

福爾摩斯狡點地一笑，道出了以下兩個謬誤。

 謬誤① 在瑪吉身上找不到護照登陸卡＝柯爾沒有去拿護照登陸卡

謬誤② 少了1張旅行登陸卡＝少了1個登岸乘客

「**謬誤①**已說過了，瑪吉沒有護照登陸卡，並不等於柯爾沒有去為自己拿。」福爾摩斯耐心地解釋道，「所以，**謬誤②**與**謬誤①**非常類似，那就是，我們把旅行登陸卡等同乘客，但這是完全錯誤的，因為我們知道的只是少了1張**旅行登陸卡**，而不是少了1個**乘客**。就是說，少了1張旅行登陸卡，並不等於少了1個乘客啊。」

PASSPORT LANDING TICKET

旅行登陸卡 ≠ 登岸乘客

謬誤②
少了1張旅行登陸卡
≠
少了1個登岸乘客

「啊，福爾摩斯先生！」愛麗絲眼前一亮，「一定是瑪吉的爸爸拿了2張旅行登陸卡，但在登岸時只交出1張，回收後就少了1張！所以，不是有1個乘客憑空消失了，而是一開始就根本沒有這個人！」

「『20鎊』，不要自作聰明好嗎？」李大猩嗤笑道，「旅行登陸卡是檢票員在檢票時以一換一地遞上的，要多拿1張旅行登陸卡，就要多交出1張車票啊！」

「對！」狐格森也幫腔道，「況且，1個人又怎可拿2張旅行登陸卡？就算你能拿出2張車票換卡，檢票員也不會換給你啦。」

「是的……」福爾摩斯咬着煙斗沉吟，「柯爾確實不能堂堂正正地換取2張旅行登陸卡，他一定想出了一個非常巧妙的方法，在神不知鬼不覺之間多取了1張。但那是一個甚麼方法呢？」

　　說着，福爾摩斯擱下煙斗，靠在椅背上閉上眼睛，陷入了沉思之中。

1分鐘……
2分鐘……
3分鐘……
4分鐘……
5分鐘……

　　足足過了15分鐘，福爾摩斯

仿似睡着了似的，一點動靜也沒有。

「哎呀，你想得也太久了吧？究竟想通了沒有？**急死我啦**！」李大猩按捺不住地叫道。

「沒看到福爾摩斯先生在思考嗎？你安靜一下好嗎？有甚麼好**急**的？」愛麗絲懟了李大猩一句。

「急甚麼？**人有三急**，我要上廁所呀！」

「甚麼？」福爾摩斯猛地睜開眼睛，就像突然開了竅似的說，「**廁所！原來是廁所！**」說罷，他整個人已從椅上跳了起來。

「甚麼？又是**廁所**？」華生被嚇得幾乎摔

倒在地。

　　「對！關鍵就是**廁所**！那亦是他離開座位，說去（**二等艙**）找朋友的目的！」福爾摩斯眼底閃過一下如**利刃**般的寒光，高聲應道。

自投羅網

「嘿嘿嘿……」柯爾站在公寓的窗邊，一邊喝着茶一邊想，「報紙報道我在渡輪上失蹤後，一直沒有下文呢。看來，警方一定以為我已**投海自盡**，**葬身大海**了。他們又怎會

想到，我已帶着1萬9千多鎊，躲到 樸茨茅斯 的這個小鎮來。不過，惟一令人擔心的是，來這邊探路找尋藏身的地方時，曾兩次在 火車月台 碰到 積克 那傢伙。」

柯爾憶起當時的情景⋯⋯

「咦？柯爾先生，沒想到在這條路線的 上碰到你呢。」積克看到柯爾時，有點驚訝地說。

「啊⋯⋯」柯爾壓制住內心的張惶，勉強擠出笑臉道，「我的 姐姐 病了，要去賴德探望她。」

「是嗎？原來你的姐

姐住在賴德，從沒聽你提起過呢。」積克笑道，「你知道，我住在吉爾福德，每天都要**長途跋涉**去倫敦上班啊。」

「是的，辛苦你了。」柯爾為免露出馬腳，馬上指了指後方的車廂說，「我的車廂在那邊，再見。」

「最倒霉的是，兩個星期後，又在那條路線的**月台**上碰到他。」柯爾心中呢喃，「幸好，當時火車快要開，我們只是打了個招呼，就各自上車了。不過，那傢伙一向喜歡在人家背後**搬弄是非**，他會不會向警方提及這**兩次相遇**呢？」

柯爾喝了一口茶，皺起眉頭沉思片刻後，嘴角又浮現出一絲**自信滿滿**的微笑，心想：

「我實在太過**杞人憂天**了。不是嗎？積克告訴警方又如何？首先，警方以為我死了，根本就不會浪費警力去調查呀。

就算發現我沒死去又如何？鐵路沿線有那麼多個車站，他們又如何得知我的**落腳點**？要在茫茫人海中找我，簡直**難如登天**啊！」

想到這裏，他又放下了**心頭大石**。

「不要再浪費心思令自己**提心吊膽**了，

現在不用照顧那個**縛手縛腳**的瑪吉，又不用為了避開那些高利貸連**賽馬場**也不敢去。」柯爾把杯中茶一喝而盡，抖擻了一下精神，心中笑道，「嘿嘿嘿，難得忍耐了兩個月，讓那1萬9千多鎊仍**紋風不動**地躺着，是時候痛痛快快地輕鬆一下了吧？明天啊明天，我

等待這一天的來臨已好幾個月啦！明天就是**新賽馬場**開幕的日子，我

只要化個裝，換過一套衣服，就可以**堂而皇之**地去賭個痛快了！」

不過，不知為何，柯爾的腦海中突然閃過一

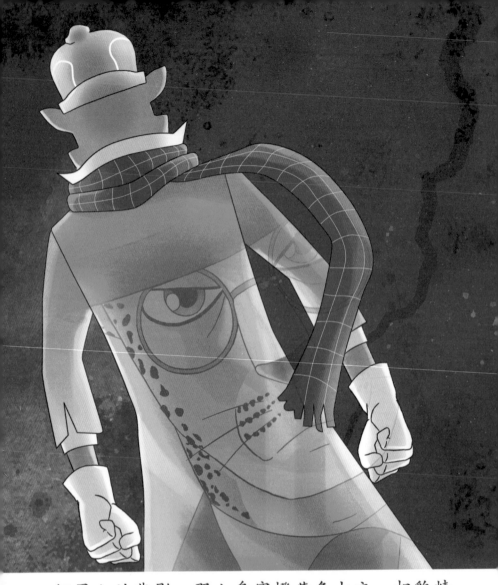

個男人的背影。那人身穿橙黃色大衣，相貌精悍，眼睛**炯炯有神**，眼裏更閃耀着如**利刃**般的光芒。天生的第六感告訴他，那人絕非**泛**

泛**之輩**，在渡輪上碰到他，彷彿種下了**目不能見**的禍根，令整個看似密不透風的「自殺計劃」裂開了一條**小縫隙**。

柯爾的第六感是對的。

翌日，當他在 樸茨茅斯馬場站 下車，正想混進人羣中從閘口出去時，一個**熟悉的身影**突然擋在前面，並向他説：「先生，一個人來看賽馬嗎？令千金呢？」

「啊？」柯爾呆了一下，那人身上的橙黃色大衣已闖入眼簾，他心中赫然一驚，「那……不就是在渡輪上碰到的……？」

「啊，抱歉，你不認得我嗎？」那男人笑道，「我們一個多星期前在**英法渡輪**上見過面呀。令千金叫**瑪吉**，她當時還拿着一個手搖鼓**叮咚叮咚**地玩呢。」

「啊……」柯爾**手足無措**地應道，「先生……你……一定是認錯人了。我從未乘搭過英法渡輪，也沒有女兒。」

「是嗎？」那人想了想，忽然記起甚麼似的，**裝模作樣**地用手上的煙斗敲了敲自己的腦袋說，「呀！我太糊塗了，竟連他**投海自盡**也忘了。沒錯，在渡輪上遇到的那位先生已死了。真可憐啊，只留下了一個**孤零零**的小女孩。」

霎時間，柯爾不知道該如何回應。

「你知道嗎？那小女孩叫**瑪古**，只有**6 歲**。對，只有**6歲**而已。」那男人說到這裏，突然臉色一沉，並狠狠地盯着柯爾說，「她只是一個 6 歲大的小女孩，你聽懂了嗎？是 6 歲啊！身為父親，怎可以把只有 6 歲大的親生女兒遺棄在船上**不顧而去**呢？**那還是一個父親嗎？**不！我該問：**那還是一個人嗎？**」

「我……我不知道你在說甚麼……」柯爾慌了，他急急轉身就想離開。

然而，就在這時，一個**碩大的身影**從旁跳出，猛地堵住了他的去路。同一剎那，一個**矮小的身影**也閃至，說時遲那時快，只見銀光一閃，「**咔嚓**」一聲響起，一副手銬已銬住了柯爾的右手。

「啊！」柯爾大吃一驚，他立即意識到這三個人一定是警探。但他完全沒料到，還未來得及走進賽馬場，警探就走來把他逮住了。

不用說，那個穿着橙黃色大衣的男人正是我們的**大偵探福爾摩斯**，其餘兩人就是蘇格蘭場孖寶幹探**李大猩**和**狐格森**。

「哼！」福爾摩斯仿似看透了柯爾心中的疑惑似的，冷冷地說，「柯爾，沒想到我們這麼快就找到來吧？你也真懶惰啊！在寫下 **投注記錄** 時，竟然一次過就寫下十多場。換了是我，一定會**分開不同的日子**來寫呢。」

「甚麼……？」柯爾一臉茫然。

「還不明白嗎？」福爾摩斯冷然一笑，「你

那樣寫下十多場投注記錄的話，會讓精明的警探從**筆跡、墨水顏色的深淺、運筆的力度**和**字形的統一性**，看

出那只不過是一次過抄下來的 投注記錄 呀！這麼一來，不是等於告訴警探，那張投注記錄是**假**的，你並不是在不同的賽馬日下過注嗎？」

「啊⋯⋯」

「嘿嘿嘿，你**挖空心思**去弄一張假的投注記錄，目的實在太明顯了。」李大猩輕蔑地用手掌拍了拍柯爾的臉頰說，「你只不過想製造一個

假象，令警方以為你已輸光了那2萬鎊，在**走投無路**之下，就跑去投海自盡吧？」

「對！」狐格森「**咔嚓**」一聲，把另一邊的銬環套在柯爾的左手上，「我們跑去查問一下貸款給你的**高利貸**，就知道你這幾個月按時歸還**利息**，卻從沒在賽馬場看到你的身影。這麼一來，我們就估計你只花了一些錢還利息，但大部分錢仍在你的手裏。」

三人的推論完全正確，柯爾**無言以對**，但他心中仍然詫異萬分，心想：「僅有這些推論，仍不足以令他們知道我**身在何方**呀？」

「看來，你仍不明白我們怎樣找到你吧？」福爾摩斯說，「其實很簡單啊，懂得**爛賭鬼**

的心理就行了。你手上有那麼多錢，但兩個月來沒法下注，一定**心癢難耐**，又怎會不偷偷走出來尋找刺激？」

柯爾赫然一驚，他不得不承認，完全給對方說中了。

「我們查問過你的同事**積克**，他說曾在火車站的**月台**上碰過你兩次，當時你說去探望生了病的**姐姐**。可是，你是個**獨生子**啊！何來姐姐？說！何來姐姐？」李大猩說罷，又拍了拍柯爾的臉頰，但這次已「啪啪」作響。

「**哎喲！**」柯爾不禁呼痛。

「姐姐！姐姐！好一個**子虛烏有**的姐姐，你為甚麼要撒謊？不用說，就是要隱瞞真相！」狐格森戳破箇中秘密，「其實，你要物色一個逃亡的**藏身地點**。我們在積克每天往返的鐵路線上找了找，輕易就鎖定了樸茨茅斯。因為，一個令所有賭徒都**引頸以待**的賽馬場即將開幕，那就是這裏——**樸茨茅斯賽馬場**！好賭的你又怎會錯過？」

「啊……」柯爾終於明白了，警方推測他的**藏身地點**就在附近，所以在這個火車站的閘口埋伏。他，就像一隻為尋刺激而從窩中偷偷地走出來玩耍的地鼠，結局只能是**自投羅**

網，墮入獵人早已設好的陷阱中。事實上，他選中藏身於樸茨茅斯的小鎮，就是為了方便來新開幕的馬場下注。這時，他終於意識到——**賭**，令他 *鋌而走險*，走去盜竊客戶的保險金；**賭**，又令他變得 **鐵石心腸**，為假裝自殺而拋棄女兒；結果，也是因為 **賭**，令他 **麻痺大意**，暴露行蹤。

「人們常說『**獵犬終須山上喪，將軍**

難免陣前亡』。」福爾摩斯唇端浮現出一絲嗤笑，「套用在你身上的話，應是『賭徒難免陣前亡』呢！」

「走吧！我們現在要告你盜取客户的保險金，和故意遺棄未成年兒童！」李大猩用力抓住柯爾的胳膊，與狐格森一起連拖帶拉地把柯爾押走。

鼓聲的控訴

　　福爾摩斯回到貝格街221號B，把抓到柯爾的

事**一五一十**地告訴了華生。

　　華生感歎：「幸好李大猩説甚麼**人有三急**

要上廁所，否則可能還要花更多時間，才能識

破柯爾多取1張**旅行登陸卡**的手法呢。」

「是的，李大猩的言行雖然常常令人氣結，但有時也起着令人**意想不到**的作用。」福爾摩斯苦笑道。

「其實想起來，柯爾的方法簡單不過。」華生說，「他只是藉詞去找朋友，然後走進廁所中化個裝，再走去二等艙後排坐下來，等候檢票員走來檢票時，用早已多買的**1張車票**，多換**1張旅行登陸卡**罷了。」

「是的，他知道頭等艙的服務一向優先，檢票員會先把登陸卡派給**頭等艙**的乘客，然後才去**二等艙**檢票。所以，

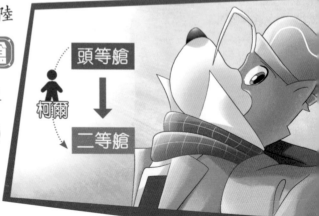

他有充分時間在廁所化好裝，才到二等艙以**另一個身份**換取旅行登陸卡。」福爾摩斯說，「不過，這個看似心思慎密的計劃，其實有一個漏洞，那就是他多買的那張**火車票**。因為，我們只要去火車站查核一下，就知道當天賣出了多少張轉乘渡輪的火車套票。不用說，那是**175張**，證明有人故意多買1張，來換取多1張**旅行登陸卡**。」

「不過，他也著實厲害，竟從火車票換旅行登陸卡中看出了**漏洞**。」華生有點佩服地說，「由於乘客上船前，護照已在碼頭上的英國海關蓋章，上船後，乘客只須遞上**火車票**就可換取**旅行登**

陸卡。這麼一來，檢票員就無法得悉乘客有沒有重複換取旅行登陸卡了。看來，這宗案子曝光後，船公司和海關一定會堵塞這個**漏洞**呢。」

「是的。」福爾摩斯點點頭。

這時，門外響起一陣急促的腳步聲。接着，大門「**砰**」的一聲被推開了，愛麗絲慌慌張張地闖了進來。

「哇！我剛回來，就走來追收房租了？」福爾摩斯被嚇得整個人彈起。

「不……不……」愛麗絲緊張得**口齒不清**地說，「瑪吉……瑪吉她突然發燒，不斷**迷迷糊糊**地說：『**爸爸不**

要我……爸爸不要我……』。」

「發燒嗎？待我去看看。」華生說罷，就與愛麗絲下樓去了。

「口中仍說着『爸爸不要我……爸爸不要我……』嗎？」福爾摩斯自言自語，「看來，柯爾雖然對瑪吉棄如敝屣，但瑪吉卻仍掛念着這個絕情絕義的父親呢。」

幾天後，瑪吉在華生和愛麗絲的悉心照料下已康復過來。福爾摩斯雖然不齒柯爾的行為，但也在愛麗絲和華生的陪同下，帶着瑪吉來到了拘留所探望柯爾。

當四人來到囚室外時，隔着鐵欄柵的柯爾看到瑪吉後當場呆住了。兩人靜默地對視了幾秒鐘後，臉容憔悴的柯爾突然衝到欄柵前跪下來悲愴地叫道：「瑪吉！瑪吉！爸爸對不起你！你原諒爸爸吧！」

瑪吉被嚇得全身顫抖了一下，只懂得眼睜睜地看着歇斯底里的父親。不一刻，她退後了一步，然後緩緩地轉過身去，以瘦弱的背脊，無言地拒絕了父親的道歉。

福爾摩斯看到此情此景，內心不禁歎了口氣，他沒想到在發燒的夢囈裏仍惦念着爸爸

的瑪吉會這麼決絕，那個畢竟是她的親生父親

呀！不過，他又回心一想，明白決絕的是柯

爾！他無情地拋棄了6歲的女兒，把她丟在一艘

已進入外國境內的渡輪上！

叮叮咚咚、叮叮咚咚、叮叮咚咚……

突然，一陣輕輕的**鼓聲**響起，打斷了福爾摩斯的思緒。他往聲音來處看去，只見瑪吉垂着的右手在裙襬旁輕輕地轉動，她手上那個**手搖鼓**的**繩珠**左右來回地晃着，一下一下地打在鼓上，發出了清脆的鼓聲。

叮叮咚咚、叮叮咚咚、叮叮咚咚！

突然，瑪吉的手轉得*愈來愈急*，鼓聲也**愈來愈大**，令華生和愛麗絲都不禁驚訝地望向瑪吉。

叮叮咚咚、叮叮咚咚、叮叮咚咚！

啊！那是發自內心深處的**呻吟**；那是無處發洩的**怨恨**；那更是瑪吉向無情無義的成人世界的**控訴**！

叮咚

叮咚

叮咚

叮咚

科學小知識

【邏輯的謬誤：以偏概全】

　　以偏概全是邏輯的一種謬誤，即是把事物的部分特質來當作事物的整體，也就是說以片面來概括全部。現試舉以下幾個例子來說明。

例① 鐵塊放到水中會下沉，輪船由鐵製成，所以輪船放到水中也會下沉。這個謬誤是把輪船等同鐵塊。

例② 鳥是會飛的動物，蝙蝠也是會飛的動物，所以蝙蝠是鳥類動物。這個謬誤是把會飛的動物等同鳥類動物。

例③ 李小龍的中國功夫很厲害，李小龍是華人，所以華人的中國功夫都很厲害。這個謬誤是，以為華人都懂得中國功夫。

例④ 收回1個空飯盒，等於1個學生已吃午餐。所以，少收1個空飯盒，就等於不見了1個學生。這個謬誤是，把飯盒等同學生。

　　本故事中，由於船公司收回1張旅行登陸卡，就等於1個乘客已登岸。所以，少1張旅行登陸卡，等於不見了1個乘客。這個謬誤是，把登陸卡等同乘客。

　　故事中的柯爾，就是利用這個常見的邏輯謬誤，連福爾摩斯也騙倒了。當然，在一般的情況下，福爾摩斯是不會這麼輕易上當的。他被騙倒，全是因為騙局中還包含了各種混淆視聽的元素，如密閉的空間（渡輪）、自殺的證據（領帶）和被遺棄的女兒（瑪吉）等等。在各種不同信息圍攻下，強如福爾摩斯也會墮入邏輯謬誤的陷阱而不自知呢。

福爾摩斯科學小實驗
小紙船的浮沉！

這個系列中，首次有案件發生在船上呢。

是啊！正好來做一個船的實驗呢。

❶ 蠟筆一枝（顏色不限）

正方形白紙兩張

彩色筆一枝（顏色不限）

請先準備以上物品。

❷ 用彩色筆把一張白紙的其中一面塗滿顏色。

❸ 再用蠟筆把另一張白紙的其中一面塗滿顏色。

❹ （折船方法，請參看p.124。）

將兩張紙都分別折成小船，但船底那面必須是塗了色的。

❺ 把兩隻紙船都放到盛了水的面盆中觀察。

❻ 不久，彩色筆的顏料在水中散開，塗了彩色筆的紙船下沉。但塗了蠟筆的紙船卻仍浮在水面上呢。

科學解謎

由植物纖維壓製而成的紙張，當中有很多肉眼看不見的細孔，放到水中就會產生毛細現象（又叫毛細管作用），會吸收水分。

蠟筆的主要顏料是蠟，而蠟不溶於水。所以，塗了蠟的紙船就像塗了一層防水層那樣，保護紙張免於吸水（滲水），紙船就不易下沉了。

反之，彩色筆的顏料不但不防水，它本身還含有水分。所以，把塗了彩色筆的紙船放到水面，在顏料溶化的同時，紙張也開始吸水（滲水），故很快下沉。

福爾摩斯折紙船

把正方形的折紙鋪平，塗了顏色的那面向上。

把紙張對折。

左右兩邊再對折，折成一個小正方形。

把紙張打開，以中折痕為界對折。

另一邊也以中折痕為界，再對折。

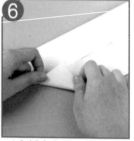

以中折痕為界，折起一個角。

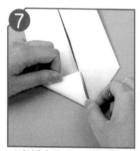

以中折痕為界，折起另一個角。

重複步驟⑥和步驟⑦，折起另一邊的兩個角。

以中間的折痕為界，在兩個折角上再折兩個角。

重複步驟⑨，在另一邊的兩個折角上再折兩個角，形成一個菱形。

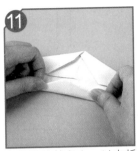

在菱形的鈍角上，以中折痕為界，折一個角。

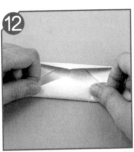

重複步驟⑪，再折一個角。

把中間的折口翻開。形成一個長形的開口。

把開口反轉，令塗了顏色的那面向自己凸出。

看！已折出一隻小紙船啦！

請按p.123的指示，放到水中做個小實驗吧！

完成!!

郵輪① 郵輪②

本集的父親好殘忍，竟把女兒丟在船上。

是啊。

現在跳下去，一定會葬身大海。

有人救就不會了。

如果福爾摩斯把我丟在船上，你會怎樣？

當然是隻眼開隻眼閉啦！

你會救我嗎？

當然會！

你身為警探，怎可這樣？

就是身為警探，才要這樣！

我呢？

你會救嗎？

還用說嗎？

砰！
砰！

…

要瞄準，一槍把他轟下海呀！

免租三個月，

馬上救！

郵輪③

我和愛麗絲一起墮海，你會救誰？

當然兩個都救。

郵輪④

船快沉了！

快穿救生衣！

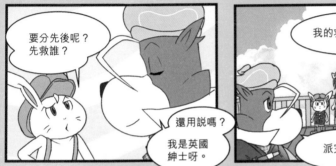

要分先後呢？先救誰？

還用說嗎？我是英國紳士呀。

我的救生衣呢？

派完了。

有甚麼關係？

要保持紳士風度呀。

那麼我怎辦？

留在船上吧。

當然是 lady first，

先救她啦！

不用逃生，就不必穿救生衣啦。

HELP!

大偵探 福爾摩斯

爸爸不要我 64

小說&監製／厲河
（本故事部分情節出自F・W・克勞夫茲的《The Landing Ticket》，但故事已完全不同。）

繪畫／陳秉坤（草圖、4格漫畫）、鄭江輝（線稿）

着色／陳沃龍、徐國聲、麥國龍　科學插圖／麥國龍
封面設計／陳沃龍　　內文設計／麥國龍
編輯／盧冠麟、郭天寶

出版
匯識教育有限公司
香港柴灣祥利街9號祥利工業大廈2樓A室

承印
天虹印刷有限公司
香港九龍新蒲崗大有街26-28號3-4樓

發行
同德書報有限公司
九龍官塘大業街34號楊耀松（第五）工業大廈地下
電話：(852)3551 3388　傳真：(852)3551 3300

第一次印刷發行
Text：©Lui Hok Cheung
© 2023 Rightman Publishing Ltd. All rights reserved.

2023年10月
翻印必究

想看《大偵探福爾摩斯》的
最新消息或發表你的意見，
請登入以下facebook專頁網址。
www.facebook.com/great.holmes

購買圖書

ISBN:978-988-76992-9-3
港幣定價 HK$68
台幣定價 NT$340

若發現本書缺頁或破損，
請致電25158787與本社聯絡。

網上選購方便快捷　　購滿$100郵費全免
詳情請登網址 www.rightman.net